デイジー・メドウズ 作　田内志文 訳

RAINBOW magic
レインボーマジック

32

子犬の妖精《フェアリー》
ローレン

いきなり、銀色《ぎんいろ》のフェアリーダストが
サニーのまわりにキラキラ光《ひか》ったかと思《おも》うと、
次《つぎ》の瞬間《しゅんかん》、がっしりとしたほねが
バウンサーのいく先《さき》にあらわれたのです。

Lauren

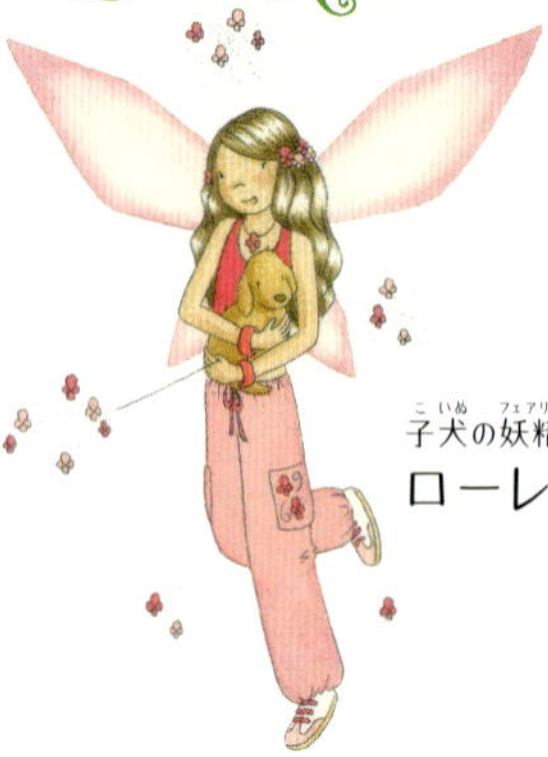

子犬《こいぬ》の妖精《フェアリー》
ローレン

Katie

子《こ》ねこの妖精《フェアリー》
ケイティ

Bella

ウサギの妖精《フェアリー》
ベラ

Georgia

モルモットの妖精《フェアリー》
ジョージア

Harriet

ハムスターの妖精《フェアリー》
ハリエット

Molly

金魚《きんぎょ》の妖精《フェアリー》
モリー

Penny

ポニーの妖精《フェアリー》
ペニー

レイチェルとカースティ

妖精《フェアリー》たちと友《とも》だちの、なかよしのふたり。
人間《にんげん》の世界《せかい》へとにげこんでしまった、
魔法《まほう》のペットを探《さが》しだすことに！

ジャック・フロスト

氷《こおり》のお城《しろ》に住《す》んでいる妖精《フェアリー》。
妖精《フェアリー》たちの魔法《まほう》のペットを、
自分《じぶん》のペットにしてしまおうと
たくらんでいます。

ゴブリン

みにくい顔《かお》と、
おれ曲《ま》がった鼻《はな》をしている、
ジャック・フロストの手下《てした》。

バウンサー

動物保護施設《どうぶつほごしせつ》にいる
黒《くろ》と白《しろ》の子犬《こいぬ》。

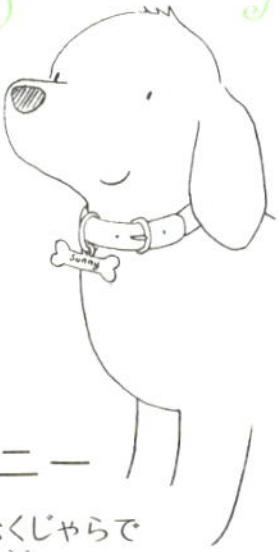

サニー

毛《け》むくじゃらで
長《なが》い耳《みみ》のたれさがった、
茶色《ちゃいろ》と白《しろ》の犬《いぬ》。

グレゴリーさん

動物保護施設《どうぶつほごしせつ》の
責任者《せきにんしゃ》をしている獣医《じゅうい》。

アニー

黒《くろ》いくるくるとしたまき毛《げ》の、
大《おお》きな青《あお》いひとみの女《おんな》の子《こ》。

もくじ

Jack Frost's Ice Castle
ャック・フロスト の氷《こおり》のお城《しろ》
ジェーン・ディロンの家《いえ》
Jane Dillon's House
The Wainwrights' House
ウェインライトさんの家《いえ》
mie oper's House
ミー・クーパーの家《いえ》

The Fairyland Palace
フェアリーランドのお城《しろ》
ブランブルの馬《うま》
Bramble Stables
公園《こうえん》
The Park
ウェザーベリー村
Wetherbury Village
ストロベリー農場《のうじょう》
Strawberry Farm
The Spring Show
スプリング・ショー
Kirsty's House
カースティの家《いえ》

ナリンダー・ダーミに感謝をこめて

RAINBOW MAGIC-PET KEEPER FAIRIES #4 LAUREN THE PUPPY FAIRY by Daisy Meadows

First published in Great Britain in 2006 by
Orchard Books, 338 Euston Road, London NW1 3BH

Japanese translation rights arranged with HIT Entertainment Limited
through Owls Agency Inc.

妖精《フェアリー》どもはペットをつれておる。
なのに、わしにはなんにもおらん！
ならばわしもペットを手《て》にいれてやる。
このどーんとひえた氷《こおり》の城《しろ》にな。

わしの魔法《まほう》のねらいはひとつ。
魔法《まほう》のペットたちをここにつれてきてやる。
ペットの妖精《フェアリー》どもは、
七匹《ななひき》のペットたちをわしによこどりされるのだ！

第《だい》1章《しょう》

ひとりぼっちの子犬《こいぬ》

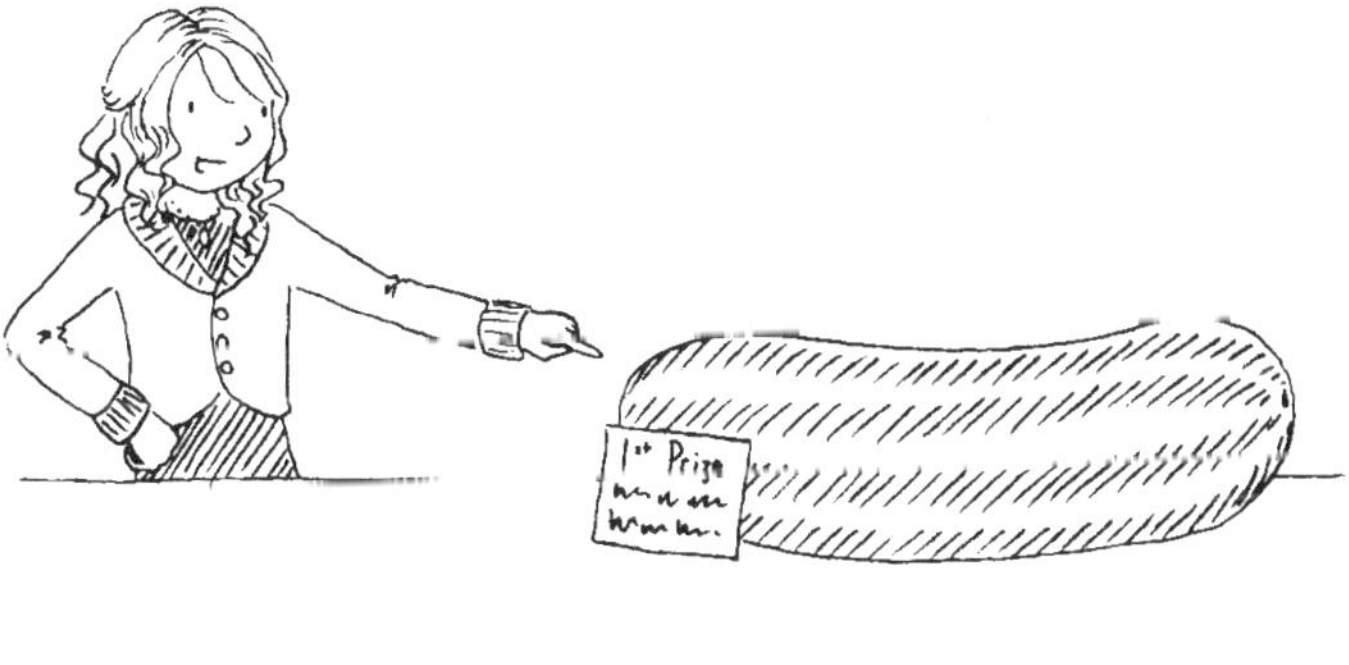

「カースティ、あのマローを見《み》て」

レイチェル・ウォーカーはわらいながら、展示《てんじ》テーブルにのっている、大《おお》きなみどり色《いろ》をした野菜《やさい》を指《ゆび》さしました。

「ほとんどわたしとおなじくらいの大《おお》きさよ！」

カースティ・テイトは、マローにくっついているカードを読《よ》んでみました。

「ウェザーベリー・スプリング・ショー」

彼女《かのじょ》が声《こえ》にだして読《よ》みます。

「最大《さいだい》野菜《やさい》賞《しょう》受賞《じゅしょう》ですって」

テーブルの上《うえ》には、ほかにも大《おお》きな野菜《やさい》

たちがならんでいて、ふたりはものすごく大《おお》きなニンジンやタマネギなどをながめました。

また、ラッパスイセンやチューリップ、ツリガネスイセンの花《はな》が入《はい》った大《おお》きなボウルもおいてあります。

これも賞《しょう》をとった、お花《はな》のディスプレイです。

「すごいわ！」

レイチェルは、わたがしを食《た》べ終《お》わると思《おも》わずいいました。

「スプリング・ショーを、家《いえ》にもって帰《かえ》れたらいいのに！」

レイチェルはイースターのお休《やす》みをすごすために、ウェザーベリーにあるカースティの家《いえ》にやってきていて、こうして今日《きょう》の午後《ごご》、いっしょにショーを見《み》にきたのです。

会場《かいじょう》には、手作《てづく》りのケーキやビスケット、ジャムなどの屋台《やたい》がたちならんでいて、ほかにもビンゴや輪《わ》なげ、ココナッツ落《お》としなどもお店《みせ》をだしています。

さらに、ポニーのり場《ば》や、大《おお》きな赤《あか》と黄色《きいろ》をしたトランポリンのお城《しろ》まで見《み》えます。

レイチェルとカースティは楽《たの》しくてたまりません。

「もうショーもすっかり一回《ひとまわ》りしちゃったね」

カースティがいいました。

「ママとパパが、もうすぐむかえにくるわ」

「最後《さいご》に、いちばんお気《き》にいりのあそこにいってみない？」

レイチェルが、うきうきしながらいいました。

「あそこって、ウェザーベリー動物保護施設《どうぶつほごしせつ》のこと？」

カースティがほほえみながらいいました。

レイチェルがうなずきます。

「あの四匹《よんひき》の子犬《こいぬ》たちの飼《か》い主《ぬし》が見《み》つかったか知《し》りたいの」

「見《み》つかってるといいね」

カースティがいいました。

「ほんとうにかわいかったもの！　ペットといえば……」

彼女《かのじょ》はだれにも聞《き》こえないように、声《こえ》を小《ちい》さくしました。

「今日《きょう》、ほかの妖精《フェアリー》のペットが見《み》つかるかな？」

「しっかり気《き》をつけていましょ！」

レイチェルが、うなずきながらささやきました。

カースティとレイチェルには、だれも知《し》らないすごい秘密《ひみつ》があります。ふたりは妖精《フェアリー》と友《とも》だちで、フェアリーランドで事件《じけん》があると、いつも力《ちから》をかしているのです。

つめたくていじわるなジャック・フロストは、いつも妖精《フェアリー》たちに悪《わる》さをしています。

そして今回《こんかい》ジャック・フロストは、七人《ななにん》のペットの妖精《フェアリー》たちの、魔法《まほう》のペットをさらってしまったのでした！

しかし、かしこいペットたちは、ジャック・フロストのところをにげだし、人間《にんげん》の世界《せかい》へとやってきたのです。

レイチェルとカースティは、ジャック・フロストのゴブリンたちに見《み》つかって、氷《こおり》のお城《しろ》につれもどされてしまう前《まえ》に、ペットたちを見《み》つけて飼《か》い主《ぬし》の妖精《フェアリー》のところにもどそうとしているのでした。

「自分《じぶん》でペットを見《み》つけるんじゃなくて、だれかのペットをぬすもうだなんて、ジャック・フロストってひどいわね！」

カースティがいいました。

「うん、でも妖精《フェアリー》たちがいってたことを思《おも》いだして」

レイチェルがいいました。

「フェアリーランドでは、ペットたちが飼《か》い主《ぬし》をえらぶのよ。だれもジャック・フロストをえらばなかったってこと！」

「あいつにぴったりのペットも、どこかにいるはずなのにね」

カースティがじっと考《かんが》えこむようにいいました。

「でもいたとしても、あいつみたいにいやなやつにちがいないわ！」

ふたりは、動物保護施設《どうぶつほごしせつ》のブースへとむかいました。

けれど、近《ちか》づくにつれて、レイチェルの顔《かお》がくもってきました。

「カースティ、見《み》て」

レイチェルがかなしそうにいいました。

「まだ子犬《こいぬ》が一匹《いっぴき》のこってるわ」

ブースのとなりには、大《おお》きなかこいがありました。

何時間《なんじかん》か前《まえ》にきたときには、そこには四匹《よんひき》の子犬《こいぬ》たちがいました。

茶色《ちゃいろ》が一匹《いっぴき》、白《しろ》が一匹《いっぴき》、そして黒《くろ》と白《しろ》の子犬《こいぬ》が二匹《にひき》です。

しかし、いまは黒《くろ》と白《しろ》の子犬《こいぬ》が一匹《いっぴき》のこっているだけです。

子犬《こいぬ》はすみっこにすわりこんで、ロープをかんでいます。

「まあ、かわいそう」

カースティがため息《いき》をつきました。

彼女《かのじょ》がかこいの上《うえ》にかがみこむと、子犬《こいぬ》はすぐにロープをはなしました。

そして、しっぽをたくさんふりながら、なでてもらおうとぴょんぴょんとびはねました。

「なんだかさみしそう」

動物保護施設《どうぶつほごしせつ》の責任者《せきにんしゃ》をしている獣医《じゅうい》のグレゴリーさんは、ブースのかべにはってあるポスターをはがしているところでした。

カースティは、グレゴリーさんにほほえみかけました。

彼女《かのじょ》は、家《いえ》で飼《か》っている子《こ》ねこのパールに注射《ちゅうしゃ》をうつために、ウェザーベリーにあるグレゴリーさんの動物病院《どうぶつびょういん》にいっていたのです。

「こんにちは」

グレゴリーさんがほほえみ返《かえ》してきました。

「カースティ・テイトさんだったね？　パールは元気《げんき》かな？」

カースティがわらいました。

「もう最高《さいこう》に！」

彼女《かのじょ》が答《こた》えます。

「ねえ、グレゴリーさん。あの子犬《こいぬ》はなんていうんですか？」

「ぼくはバウンサーってよんでいるよ」

グレゴリーさんが答《こた》えました。

「でもちゃんとした名前《なまえ》は、新《あたら》しい飼《か》い主《ぬし》さんにつけてもらわないとな」

子犬《こいぬ》は金《かな》あみごしに、カースティの指《ゆび》をぺろぺろなめています。

ちょっと首《くび》をかしげた子犬《こいぬ》はほんとうにかわいらしくて、ふたりには、どうしてまだ飼《か》い主《ぬし》が見《み》つかっていないのか不思議《ふしぎ》でたまりません。

「かたづけるのを、てつだいましょうか？」

レイチェルは、テーブルの上《うえ》のパンフレットをかたづけはじめたグレゴリーさんに聞《き》きました。

「ありがとう」

グレゴリーさんが、にっこりとわらって答《こた》えました。

「じゃあ、バウンサーをつれて、会場《かいじょう》をちょっと散歩《さんぽ》してきてくれないかな？　一日《いちにち》じゅうかこいの中《なか》に閉《と》じこめられていたからね」

レイチェルとカースティは、うれしそうに顔《かお》を見《み》あわせました。

「ぜひ、いかせてください！」

と、声《こえ》をそろえて答《こた》えます。

グレゴリーさんはポケットからリードをとりだすと、かこいを開《ひら》きました。

子犬《こいぬ》はリードを見《み》ると、ほんとうにうれしそうな顔《かお》をしました。

バウンサーは、グレゴリーさんが首輪《くびわ》にリードをつなげてくれると、キャンキャンなきながらうれしそうにとびまわりました。

「最初《さいしょ》はカースティがもって」

レイチェルがいいました。

カースティがリードを手《て》にとると、よこで走《はし》りまわっている子犬《こいぬ》をつれて出発《しゅっぱつ》しました。

「あんまり遠《とお》くにいっちゃだめだよ、ふたりとも」

グレゴリーさんがいいました。

「三十分《さんじゅっぷん》もあれば、かたづけはすんじゃうからね」

「わかりました」

レイチェルは手《て》をふりながら答《こた》えました。

ふたりでブースのあいだを歩《ある》いていくと、子犬《こいぬ》は楽《たの》しそうに、あちこちをクンクンかぎまわりながらリードをひっぱりました。

みんな、もうかたづけをはじめています。

トランポリンのお城《しろ》にはまだ何人《なんにん》か子《こ》どもたちがのこっていましたが、もうすぐ空気《くうき》をぬかなくてはいけないので、パパやママたちが一生《いっしょう》けんめいよびもどそうとしています。

「バウンサーのせいで、うでがぬけちゃいそう！」

カースティは、子犬《こいぬ》にぐいぐいリードをひっぱられてわらいました。

「すっごくこうふんしてるみたい」

「きっと、ほかの犬《いぬ》を見《み》つけたからね」

レイチェルはそういうと、前《まえ》のほうを指《ゆび》さしました。

毛《け》むくじゃらで長《なが》い耳《みみ》のたれさがった茶色《ちゃいろ》と白《しろ》の犬《いぬ》も、こちらを見《み》つけると、とびはねるようにして丘《おか》をかけおりてきました。

「あの子《こ》もかわいいわね」

あいさつをするように、しっぽをふりながら近《ちか》づいてくる犬《いぬ》を見《み》て、カースティはわらいました。

「たぶん、スプリンガー・スパニエルだわ」

バウンサーは新《あたら》しい友《とも》だちを見《み》つけたのがとてもうれしかったのか、すっかりこうふんしきって、ふたりの足元《あしもと》をおどりまわっています。

スパニエルは近《ちか》くまでやってきて一声《ひとこえ》なくと、走《はし》りさっていきました。

バウンサーがそれをおいかけるように走《はし》りだすと、ふたりはびっくりして目《め》をまるくしました。

リードが、カースティの手《て》からぶらさがっていたからです。

どういうわけか、バウンサーからリードがはずれてしまったのです！

「そんな！」

レイチェルがひめいをあげました。

「いったいどうして？」

「わからないわ」

カースティが心配《しんぱい》そうに答《こた》えました。

「でも、とにかくすぐにつかまえなくっちゃ！」

第《だい》2章《しょう》

もどっておいで!

レイチェルとカースティは、すぐにこうふんしているバウンサーをおいかけました。

「レイチェル、リードはしっかりバウンサーの首輪《くびわ》につながっていたのよ」

カースティが息《いき》をはずませながらいいました。

「なにか、すっごく変《へん》なことがおこってるわ」

「うん、そうかも」

レイチェルは子犬《こいぬ》たちにおいつきながらいいました。

二匹《にひき》はもうおいかけっこをやめて、ぐるぐる輪《わ》になって走《はし》りながら、おたがいのしっぽにじゃれついています。

カースティがあたりを見《み》まわしました。

「とりあえず、ここなら安心《あんしん》みたいね」

カースティがいいました。

子犬《こいぬ》たちがいるのは会場《かいじょう》のはしっこで、高《たか》いかべが会場《かいじょう》と道路《どうろ》をへだてています。

「道路《どうろ》にはでられないしね」

「でも、あのスパニエルの飼《か》い主《ぬし》はどこにいるんだろう？」

レイチェルが心配《しんぱい》そうな声《こえ》でいいました。

「だれも見《み》あたらないみたいだけど」

「首輪《くびわ》に名札《なふだ》がついてるんじゃないかなあ」

カースティがいいました。

そして、草《くさ》の上《うえ》でころがっている二匹《にひき》のところにかがみこみました。

「見《み》て、レイチェル」

ふたりは、スパニエルの青《あお》い首輪《くびわ》をよく見《み》てみました。

小《ちい》さな銀色《ぎんいろ》のほねの形《かたち》をした名札《なふだ》がさがっていて、青《あお》いぴかぴかの文字《もじ》で『サニー』と書《か》かれています。

「こんにちは、サニー」

カースティがいいました。

スパニエルはカースティの手《て》をぺろぺろなめると、大《おお》きな茶色《ちゃいろ》いひとみで彼女《かのじょ》を見《み》あげました。

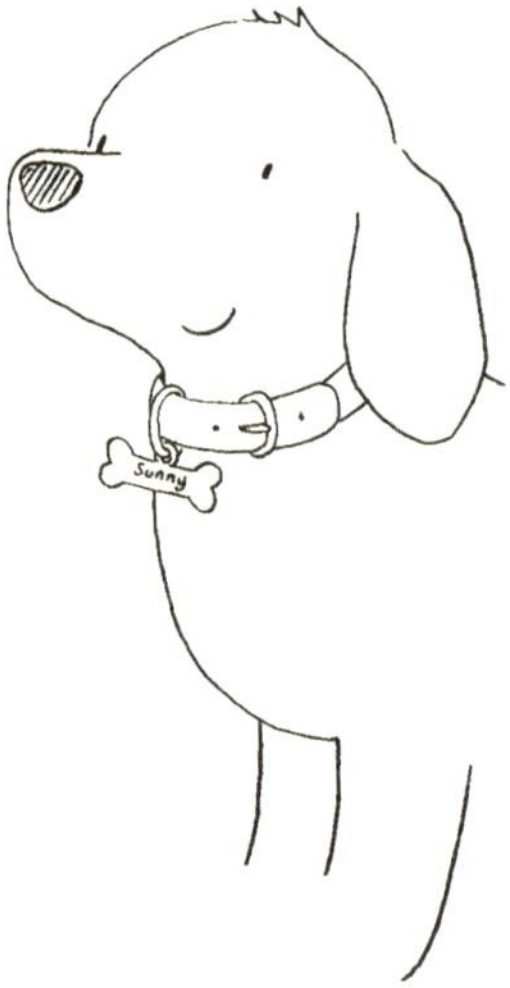

「電話番号《でんわばんごう》も住所《じゅうしょ》も書《か》いてないみたい」

レイチェルが、もっとよく名札《なふだ》を調《しら》べながらいいました。

「バウンサーをつれ帰《かえ》るときに、グレゴリーさんにいってみよう」

カースティがいいました。

「あの人《ひと》なら、どうすればいいかわかってるはずだもの」

「いい考《かんが》えね」

レイチェルがうなずきます。

しっぽをふりながらサニーはとびあがって、うれしそうに小《ちい》さなき声《ごえ》をあげました。

すると、次《つぎ》の瞬間《しゅんかん》、ぴかぴか光《ひか》る赤《あか》いゴムボールが空中《くうちゅう》にあらわれると、それが地面《じめん》へと落《お》ちてきたので、ふたりは思《おも》わずびっくりしてしまいました！

スパニエルはボールに飛《と》びつくと、バウンサーにむけておしました。

「カースティ、いまの見《み》た？」

レイチェルが息《いき》をのみました。

「それとも、まぼろしでも見《み》たのかしら？」

「空中《くうちゅう》にボールがあらわれたことをいってるんだったら、わたしも見《み》たわ！」

カースティが、こうふんで声《こえ》をふるわせながらいいました。

二匹《にひき》は、ボールをあっちこっちにけりながらあそんでいます。

「レイチェル、サニーってもしかして妖精《フェアリー》のペットなんじゃないかしら？」

レイチェルがスパニエルをじっと見《み》つめます。

サニーは首《くび》をかしげながら、ボールを拾《ひろ》いあげて走《はし》りだすバウンサーを見《み》つめています。

「うん、もしかしたらそうかもしれないね」

レイチェルがうなずきました。

そのとき、バウンサーはサニーにむかってほえるために、ボールを地面《じめん》に落《お》としました。

ボールは草《くさ》の生《は》えた坂道《さかみち》に落《お》ちると、どんどんスピードをあげながら、バウンサーからはなれていきました。

ボールのいく先《さき》には開《ひら》かれた門《もん》があって、会場《かいじょう》のよこを通《とお》る大通《おおどお》りへとつづいています。

バウンサーがくるりとむきをかえてボールをおいかけだしたのを見《み》て、レイチェルとカースティは、ひめいをあげそうになってしまいました。

「バウンサー！」

レイチェルが、門《もん》へ走《はし》っていくバウンサーにむかってひっしにさけびます。

「カースティ、あの子《こ》を止《と》めなくっちゃ！」

サニーをうしろにしたがえたふたりは、名前《なまえ》をよびながらバウンサーをおいかけました。

けれども、バウンサーはボールをおいかけるのに夢中《むちゅう》で、こちらにはまったく気《き》がつきません。

「遠《とお》すぎてつかまえられないわ」

カースティが心配《しんぱい》そうにさけびます。

「バウンサー、止《と》まって！」

すると、カースティがさけぶとすぐに、サニーが一気《いっき》に前《まえ》にでてもう一度《いちど》小《ちい》さくほえました。

レイチェルは、目《め》をぱちくりさせずにはいられません。

いきなり、銀色《ぎんいろ》のフェアリーダストがサニーのまわりにキラキラ光《ひか》ったかと思《おも》うと、次《つぎ》の瞬間《しゅんかん》、がっしりとしたほねがバウンサーのいく先《さき》にあらわれたのです。

バウンサーは、門《もん》から大通《おおどお》りへところがりでていくボールを無視《むし》すると、急《きゅう》ブレーキで止《と》まりました。

おいしそうなほねのほうが、よほど気《き》になったようです。

うれしそうに小《ちい》さくなき声《ごえ》をあげると、かみつくためによこたわりました。

「間《ま》にあった！」

カースティはバウンサーにかけよると、またリードをしっかりと首輪《くびわ》につなぎました。

「うん、あのほね、タイミングばっちりだったね」

レイチェルがポンポンとサニーをたたきました。

「ねえ、カースティ。バウンサーのリードがいきなりはずれて、それからボールとほねがぱっとでてきたでしょ。これってつまり……」

カースティがまじめな顔《かお》でうなずきました。

「サニーは、子犬《こいぬ》の妖精《フェアリー》ローレンのさらわれたペットなんだわ！」

第《だい》3章《しょう》

トラブル発生《はっせい》

「そのとおり！」

ふたりの頭《あたま》の上《うえ》から、明《あか》るくキラキラした声《こえ》が聞《き》こえました。

レイチェルとカースティは、空《そら》を見《み》あげました。

ピンクのふうせんが、ふわりふわりとふたりのほうへおりてくるのが見《み》えます。

そのひもにつかまって手《て》をふっているのは、子犬《こいぬ》の妖精《フェアリー》ローレンです。

「こんにちは」

カースティとレイチェルは、うれしそうにわらいながら大声《おおごえ》でいいました。

サニーもローレンを見《み》つけると、うれしくなってはねまわりだしました。

ローレンは、長《なが》いくり色《いろ》のかみを風《かぜ》にひらめかせながら、みんなのほうへとおりてきました。

ポケットに花《はな》のししゅうがついたピンクのカーゴ・パンツをはき、丈《たけ》の短《みじか》い上着《うわぎ》とスニーカーを身《み》につけています。

ふたりにむけて杖《つえ》をふりながら、彼女《かのじょ》はサニーのうしろへとおり立《た》ちました。

「サニー、会《あ》えてほんとうによかったわ！」

ローレンはうれしそうにそうさけぶと、サニーのおでこに小《ちい》さくキスをしました。

「それに、ふたりにもね」

「わたしたちも、また会《あ》えてうれしいわ」

カースティが答《こた》えました。

「サニーったら、こんなにはげしくしっぽをふりまわしたら、落《お》っこちちゃうわよ！」

レイチェルがわらいました。

サニーは楽《たの》しそうにほえると、ふわふわと毛《け》のはえた頭《あたま》を動《うご》かして、大切《たいせつ》そうにローレンを見《み》つめました。

いったいなにがおきているんだろうと、バウンサーはほねから目《め》をあげると、トコトコとみんなのところへ走《はし》ってきました。

そして、不思議《ふしぎ》そうにくんくんとローレンのにおいをかぎました。

ローレンは小《ちい》さな手《て》をさしのべると、バウンサーの鼻《はな》をそっとなでてやりました。

「サニーがこのへんにいるっていうのはわかってたの」

ローレンがふたりにいいました。

「見《み》つけてくれるなんて、ほんとうにたすかるわ！」

レイチェルとカースティがほほえみました。

「というより、この子《こ》がわたしたちを見《み》つけてくれたのよ！」

レイチェルがいいました。

「うん、それにバウンサーのことも」

カースティがよこからいいました。

「今日《きょう》はほんとうに運《うん》がよかったの。ゴブリンたちだって一匹《いっぴき》も見《み》かけないんだもの！」

「うん。これまでのペットの中《なか》で、いちばんかんたんに見《み》つかったわね」

レイチェルがうなずきました。

「ハハハ！」

そのとき、いじわるそうなわらい声《ごえ》がうしろから聞《き》こえてきました。

カースティ、レイチェル、ローレン、そして子犬《こいぬ》たちまでもがびっくりして飛《と》びあがってしまいました。

ゴブリンたちです！

ぴかぴか光《ひか》る銀色《ぎんいろ》のキックボードが、ゴブリンたちをぎっしりのせて、みんなのほうへ猛《もう》スピードでむかってきます。

二匹《にひき》は足《あし》をだして、できるかぎりのスピードでキックボードをこいでいます。

ほかの三匹《さんびき》は、肩《かた》を組《く》んでバランスをとりながら、キックボードがすすむたびにあっちこっちにゆれています。

ふたりとローレンは、すっかりおどろいてしまっています。

身動《みうご》きがとれずにいるうちに、キックボードはみんなの前《まえ》でたおれて止《と》まりました。

ゴブリンたちは、おり重《かさ》なるようにして地面《じめん》にたおれこみました。

一匹《いっぴき》のゴブリンがごろごろとサニーのほうにころがると、ほかのゴブリンたちは、バウンサーのほうへところがっていきます。

「きゃ！」

ローレンは、サニーの背中《せなか》からつき落《お》とされるとひめいをあげました。

ほかのゴブリンが、さっとサニーをかかえあげます。

「こいつが魔法《まほう》の子犬《こいぬ》か？」

そのゴブリンがなかまたちにさけびました。

「知《し》るか！」

なかまたちは、サニーとバウンサーをきょろきょろ見《み》くらべながら、どなり返《かえ》しました。

「どっちもつかまえろ！」

最初《さいしょ》のゴブリンは、サニーをかかえたまま、またキックボードに飛《と》びのりました。

「その子《こ》をおろしなさいよ！」

ローレンはいそいで立《た》ちあがりながら、怒《おこ》った顔《かお》でさけびました。

「子犬《こいぬ》を返《かえ》しなさい！」

レイチェルは、二匹《にひき》めのゴブリンがキャンキャンないているバウンサーをつかみあげ、カースティの手《て》からリードをひったくってキックボードにのるのを見《み》ると、いさましくどなりました。

「ここまでおいで！」

ゴブリンたちは、やってきたときの二倍《にばい》ものはやさで丘《おか》をくだりながら、あざけりわらっています。

ふたりとローレンは、恐怖《きょうふ》でなきわめく子犬《こいぬ》たちをのせたキックボードがぐんぐん遠《とお》ざかっていくのを、怒《いか》りをこめて見《み》つめました。

「魔法《まほう》の子犬《こいぬ》を見《み》たら、ジャック・フロストもおれたちをほめてくれるぞ」

一匹《いっぴき》のゴブリンがさけびました。

「イヤッホーウ！」

なかまたちが歓声《かんせい》をあげました。

第《だい》4章《しょう》

ゴブリンにつかまった!

「おいかけなくっちゃ！」

ローレンが青《あお》い顔《かお》でいいました。

「ふたりとも、妖精《フェアリー》の姿《すがた》にしてあげる。そっちのほうがはやいわ」

カースティとレイチェルがうなずきます。

不安《ふあん》でドキドキしながら、ふたりは、ローレンが杖《つえ》をふって、まわりにキラキラ光《ひか》るピンクのフェアリーダストをまきちらすのをまちました。

すっかり妖精《フェアリー》の大《おお》きさになると、ふたりはローレンのところまでまいあがり、おいかけはじめました。

しかし、一歩先《いっぽさき》にスタートしているゴブリンたちはずっとむこうにいて、どんどん遠《とお》ざかっていってしまいます。

「にげられちゃう！」

レイチェルがひめいをあげました。

ゴブリンたちは、トランポリンのお城《しろ》のほうへとむかっていきます。

レイチェル、カースティ、ローレンの三人《さんにん》が見《み》ると、あそんでいた子《こ》どもたちはもうだれものこっていなくて、お城《しろ》はゆっくりと空気《くうき》をぬかれているようです。

すると、一匹《いっぴき》のゴブリンがハンドルの上《うえ》によじのぼると、なかまたちに指示《しじ》をだしはじめました。

「左《ひだり》にまがれ！　こら、ばか、そっちじゃない！」

ほかのゴブリンたちは、まったく気《き》にもとめていません。

みんな、もがきつづけている子犬《こいぬ》たちをひっしにおさえながら、口々《くちぐち》に大声《おおごえ》でいいあっています。

「そっちじゃない、こっちだ！」

「いや、そっちじゃないだろ！」

一匹《いっぴき》のゴブリンがハンドルをつかむと、キックボードを逆方向《ぎゃくほうこう》にむけようとしました。

ハンドルの上《うえ》にいたゴブリンは、落《お》っこちそうになってしまいました。

けれど、それでもキックボードは丘《おか》を走《はし》りおりて、ローレン、レイチェル、カースティから遠《とお》ざかっていきます。

「ふたりとも、もっとはやく！」

ローレンが心配《しんぱい》そうにさけびました。

「あいつらを止《と》めなくちゃ！」

カースティが顔《かお》をしかめました。

ゴブリンたちはずっと先《さき》にいて、おいつくのは無理《むり》なように思《おも》えます。しぼんでいくトランポリンのお城《しろ》にゆっくり視線《しせん》を落《お》としたとき、ふと、いい考《かんが》えがうかびました……。

「ローレン！」

カースティが息《いき》をきらしてさけびました。

「バウンサーもサニーもまだ子犬《こいぬ》だけど、ゴブリンたちは大《おお》きな犬《いぬ》はこわがるのよね？　レイチェルの家《いえ》にいるボタンのことだってこわがってたわ」

ローレンがうなずきます。

「じゃあ、キックボードの前《まえ》にすっごく大《おお》きい犬《いぬ》をだすことができない？」

カースティがつづけていいます。

「そうすれば、ハンドルをきらせてトランポリンのお城《しろ》につっこませることができるし、スピードも落《お》ちるはずよ」

「カースティ、いい考《かんが》えだわ！」

レイチェルが顔《かお》をかがやかせました。

ローレンは、もう杖《つえ》をかかげています。

ふたりが見《み》まもる前《まえ》で、ローレンの杖《つえ》からピンクにきらめく光《ひかり》がふきだし、ゴブリンたちへとむかっていきました。

もくもくとピンクのけむりがたちのぼったかと思《おも》うと、キックボードの左《ひだり》のほうに、一頭《いっとう》のシェパードがぱっとあらわれました。

それを見《み》て、レイチェルもカーステイもびっくりしてしまいました。

あらわれたのはただのシェパードではなく、シマウマみたいに黒《くろ》と白《しろ》のしましまもようのシェパードだったからです！

「ワン！　ワン！　ワン！」

シェパードが大声《おおごえ》でほえました。

ゴブリンたちはびっくりして金切《かなき》り声《ごえ》をあげました。

「でっかくてこわい犬《いぬ》だ！」

ハンドルにすわっているゴブリンがさけびます。

「はやくにげろ！」

ゴブリンたちはみんなでハンドルをつかむと、右《みぎ》にかたむけました。

キックボードはすぐにシェパードへとむかう方向《ほうこう》をそれると、トランポリンのお城《しろ》へとまっすぐ走《はし》りだしました。

「だめだ！」

ハンドルにのったゴブリンがさけびます。

「ぶつかっちまうよう！」

しかし、もう間《ま》にあいません。

ローレン、レイチェル、カースティが見《み》ている前《まえ》で、キックボードはトランポリンのお城《しろ》につっこみ、ゴブリンたちはふき飛《と》んでしまいました。

子犬《こいぬ》たちがほえ、ゴブリンたちは怒《おこ》ってひめいをあげます。

みんな無事《ぶじ》にお城《しろ》の上《うえ》に落《お》ちると、

空気《くうき》のぬけたお城《しろ》のあちこちにうまるように見《み》えなくなってしまいました。

ローレンはさっと杖《つえ》をふるとシェパードを消《け》し、レイチェル、カースティといっしょに、トランポリンのお城《しろ》へと近《ちか》づいていきました。

「だれもあたりにいないみたいでよかったわ！」

カーステイが、ほっと胸《むね》をなでおろしながらいいました。

「うん、でも、このトランポリンのお城《しろ》をかたづけている人《ひと》はどこ？」

レイチェルが心配《しんぱい》そうにいいました。

「きっとすぐにもどってきちゃうわ。どうやって子犬《こいぬ》たちとゴブリンたちをかくせばいいいんだろう?」

第《だい》5章《しょう》

新《あたら》しい友《とも》だち

ローレン、カースティ、レイチェルは、トランポリンのお城《しろ》の上《うえ》でぱたぱたはばたきながら、どうしようか考《かんが》えました。

すると、小《ちい》さなほえ声《ごえ》が聞《き》こえてきて、みんなほっと一安心《ひとあんしん》しました。

少《すこ》ししてから、サニーがひょっこり頭《あたま》をだしました。

お城《しろ》からはいだすと、ローレンの姿《すがた》を見《み》つけてうれしそうになきました。

つづいてバウンサーもでてくると、二《に》匹《ひき》でしぼみかけのお城《しろ》のはしっこへと走《はし》りながら、この新《あたら》しいあそびをすっかり楽《たの》しんでいるようでした。

「サニー！」

ローレンが両《りょう》うでを広《ひろ》げてさけびます。

レイチェルとカースティが見《み》ている前《まえ》で、サニーのまわりにキラキラと魔《ま》法《ほう》の光《ひかり》がまたたき、サニーは妖精《フェアリー》のペットの大《おお》きさにちぢんでいきました。サニーはトランポリンのお城《しろ》から飛《と》びあがると、魔《ま》法《ほう》の光《ひかり》をひきつれながら、ローレンめがけて飛《と》んでいきました。

「だいじょうぶよ、バウンサー」

びっくりして友《とも》だちを見《み》あげているバウンサーに、レイチェルがわらいかけました。

「あれは妖精《フェアリー》の魔法《まほう》なんだから！」

「まねしちゃだめよ！」

カースティもわらいます。

サニーは、まっすぐにローレンのうでの中《なか》にかけこむと、彼女《かのじょ》の鼻《はな》をやさしくぺろぺろとなめました。

ローレンがわらいながら杖《つえ》をふると、またたく間《ま》にレイチェルとカースティは元《もと》の大《おお》きさにもどりました。

バウンサーは目《め》をぱちくりしました。

そしてお城《しろ》から地面《じめん》へと飛《ひ》びおりると、レイチェルとカースティのほうにうれしそうにかけよってきました。

レイチェルは、かがんでバウンサーをなでてやりながら、リードをしっかりにぎりました。

「バウンサーは、なにを見《み》てるの？」

カーステイは、子犬《こいぬ》がじっとうしろのほうを見《み》つめているのに気《き》づいていいました。

レイチェルもふり返《かえ》ります。

「トランポリンのお城《しろ》の人《ひと》だわ！」

レイチェルが小声《こごえ》でいいました。

「ローレン、あなたとサニーはかくれて！」

ローレンはうなずくと、サニーをだきかかえたまま、レイチェルのポケットの中《なか》にかくれました。

トランポリンのお城《しろ》の人《ひと》は、親切《しんせつ》そうな顔《かお》をした若《わか》い男《おとこ》の人《ひと》でした。

彼《かれ》がカースティとレイチェルにほほえみかけます。

「こんにちは。スプリング・ショーは楽《たの》しかったかい？」

「最高《さいこう》でした」

カースティが答《こた》えると、レイチェルもうなずきました。

男《おとこ》の人《ひと》は、うれしそうに足元《あしもと》をくんくんかいでいるバウンサーを見《み》おろしました。

「かわいい子犬《こいぬ》だなあ！」

彼《かれ》はそういうとしゃがんで、バウンサーの頭《あたま》をなでました。

「娘《むすめ》のアニーが気《き》にいりそうだよ」

「アニーちゃんは何歳《なんさい》なんですか？」

レイチェルがたずねました。

「来週《らいしゅう》六歳《ろくさい》になるんだ」

男《おとこ》の人《ひと》は、バウンサーをぽんぽんとたたきながらいいました。

「実《じつ》はぼくたちは、たんじょう日《び》に子犬《こいぬ》をあげようって話《はな》しているところだったんだよ。ちょっとごめん」

彼《かれ》がつづけていいました。

「まずは、このお城《しろ》をかたづけなくっちゃ」

男《おとこ》の人《ひと》は口笛《くちぶえ》をふきながら、電線《でんせん》や送風機《そうふうき》がおいてあるお城《しろ》のうらのほうへと姿《すがた》を消《け》しました。

「どうしようか？」

レイチェルが心配《しんぱい》そうにいいました。

ローレンとサニーも、ポケットから顔《かお》をつきだしています。

「腹《はら》をたてているゴブリンたちがお城《しろ》にいるのを見《み》たら、きっとびっくりしちゃうわ」

けれども、カースティは首《くび》をふりながらわらいました。

「あれを見《み》て！」

カースティがお城《しろ》の前《まえ》を指《ゆび》さします。

「こっちがわからでてきちゃっているから、見《み》つかりっこないわ。ゴブリンたち、あんまり楽《たの》しそうな顔《かお》じゃないわね！」

ゴブリンたちは、ようやくゴムでできたお城《しろ》の中《なか》からはいだしてきたところです。いつものように、みんなでぶつぶついったりうなったり、口《くち》げんかをしたりしています。

大声《おおごえ》で文句《もんく》をいいながら、ゴブリンたちは地面《じめん》に飛《と》びおりると、キックボードをひっぱりながら歩《ある》きさっていきました。

「ぜんぶお前《まえ》のせいだぞ！」

「ぶつかるっていったじゃねえか！」

「魔法《まほう》の子犬《こいぬ》も手放《てばな》しちまった。ジャック・フロストにはだれが報告《ほうこく》するんだ？」

カースティ、レイチェル、ローレンの三人《さんにん》は、思《おも》わずわらいだしてしまいました。

「パパ！　パパ、どこにいるの？」

すると、声《こえ》が聞《き》こえてきました。

ローレンがさっと身《み》をかくすと、ふたりはだれがくるのか見《み》ようとふりむきました。

黒《くろ》いくるくるとしたまき毛《げ》の、大《おお》きな青《あお》いひとみの女《おんな》の子《こ》が、こっちに走《はし》ってきます。

「パパ、どこ？」

女《おんな》の子《こ》がまたさけびました。

「お城《しろ》のうらにいるよ」

男《おとこ》の人《ひと》がさけび返《かえ》します。

「きっとあの子《こ》がアニーね」

カースティがささやきました。

そのとき、アニーがバウンサーを見《み》つけました。

顔《かお》いっぱいに笑顔《えがお》をうかべると、まっすぐバウンサーにかけよります。

「なんてかわいいワンちゃんなの!」

アニーはひざまずくと、バウンサーをぎゅっとだきしめました。

バウンサーはうれしそうになくと、しっぽをぶんぶんふりながら、彼女《かのじょ》のほっぺたをぺろぺろなめました。

「うわあ、こんな犬《いぬ》が家《いえ》にいたらいいのに!」

「リードをもってみる？」

レイチェルが、リードをさしだしながらいいました。

「ほんとうに？」

アニーは目《め》をかがやかせると、こうふんしきったようにいいました。

「ありがとう！」

彼女《かのじょ》がリードをにぎりしめると、カースティとレイチェルは、バウンサーをつれてお城《しろ》の前《まえ》を歩《ある》きまわるのをながめました。

バウンサーはほんとうに楽《たの》しそうに、アニーのよこを歩《ある》いています。

ふと、バウンサーは、アニーのスニーカーのひもがほどけているのを見《み》つけると、飛《と》びついて口《くち》にくわえました。

アニーはわらいながらかがむと、そっとひもをしばりなおしました。

カースティとレイチェルは、まだしがみついてあそんでいるバウンサーを、ほほえみながら見《み》つめていました。

すると、カースティがレイチェルをつつきました。

「レイチェル、見《み》て！」

カースティが息《いき》をのんでささやきます。

「アニーとバウンサーのまわりに、魔法《まほう》の光《ひかり》が！」

第《だい》6章《しょう》

かわいい子《こ》犬《いぬ》ちゃん

レイチェルは、アニーとバウンサーをじっと見《み》つめました。

カースティのいうとおりです！

うっすらとキラキラした光《ひかり》が、アニーたちをとりまいています。

「妖精《フェアリー》の魔法《まほう》だわ！」

レイチェルが小声《こごえ》で返《かえ》しました。

「バウンサーがアニーといっしょになるっていってるんだわ。あの子《こ》が、バウンサーが探《さが》していた飼《か》い主《ぬし》だったんだわ！」

そのとき、もうすっかりしぼみかけているトランポリンのお城《しろ》のうらから、さっきの男《おとこ》の人《ひと》がでてきました。

彼《かれ》は、いっしょにあそんでいるアニーとバウンサーを見《み》て笑顔《えがお》になりました。

「この子犬《こいぬ》はほんとうにかわいらしいね」

彼《かれ》がほほえみながらいいました。

「どっちの家《いえ》の子《こ》なんだい？」

「わたしのでも、カースティのでもないんです」

レイチェルは、ここぞとばかりにいいました。

「動物保護施設《どうぶつほごしせつ》のブースからつれてきたの。兄弟《きょうだい》たちは、今日《きょう》みんな飼《か》い主《ぬし》が見《み》つかったんだけど、この子《こ》だけはのこっちゃったんです」

「わあ、ほんとうかい？」

男《おとこ》の人《ひと》がざんねんそうな顔《かお》をしました。

「動物保護施設《どうぶつほごしせつ》のブースは、見《み》にいかなかったなあ」

これを聞《き》いていたアニーは、目《め》をかがやかせました。

パパのシャツのそでをぐいっとひっぱります。

「パパ！」

アニーがさけびました。

「かわいそうに、このワンちゃんお家《うち》がないのよ！」

レイチェルとカースティは、アニーのパパがなんと答《こた》えるのか、息《いき》を止《と》めて見《み》まもりました。

パパはアニーのうったえかけるような顔《かお》を見《み》て、次《つぎ》にバウンサーの茶色《ちゃいろ》いひとみを見《み》つめました。

「ふむ……」

彼《かれ》が口《くち》を開《ひら》きます。

「ここをかたづけ終《お》わったら、動物保護施設《どうぶつほごしせつ》のブースにいってみるか。でも、まだ決《き》まったわけじゃないよ、アニー。もしかしたら、もう飼《か》い主《ぬし》が見《み》つかっているかもしれないからね」

「ありがとう、パパ！」

アニーはうれしそうにさけぶと、ぎゅっとパパにだきつきました。

レイチェルとカーステイは、顔《かお》を見《み》あわせてわらいました。

うれしそうに二回《にかい》ないたのを見《み》ると、バウンサーも、なにかすてきなことがおこっているのを知《し》っているようです。

男《おとこ》の人《ひと》が仕事《しごと》を終《お》わらせるためにお城《しろ》のうらへ歩《ある》いていくと、アニーとバウンサーもそれにつづきました。

「上出来《じょうでき》よ、ふたりとも！」

ローレンがレイチェルのポケットから飛《と》びだしてきました。

サニーもつづいてでてくると、ぴょんぴょんとびはねてきて、カースティの肩《かた》にのりました。

「アニーなら、あの子《こ》の完《かん》ぺきな飼《か》い主《ぬし》になってくれるわ！」

「なにもかも、すっかりうまくいったわね」

レイチェルがうれしそうにいうと、カースティもうなずきました。

「なんてお礼《れい》をいったらいいのかわからないわ」

ローレンがふたりを見《み》つめました。

「ふたりがいなかったら、大事《だいじ》なサニーだってとりもどせなかったもの」

「ワン！」

サニーも、カースティのほっぺたに黒《くろ》い鼻《はな》をこすりつけながら賛成《さんせい》しました。

「でも、もうフェアリーランドに帰《かえ》らなくっちゃ」

ローレンはそういうと、杖《つえ》をかざしました。

「みんな、無事《ぶじ》にこの子《こ》をとりもどせたかどうか心配《しんぱい》しているはずだわ。サニー、さようならをいって」

サニーは短《みじか》くなくと、カースティの耳元《みみもと》でいきおいよくしっぽをふりました。

それからローレンのところへかけていくと、彼女《かのじょ》のふった杖《つえ》からきらめくフェアリーダストがまいちって、彼女《かのじょ》とサニーをつつみこみました。

「あっ！」

ローレンがさけびました。

「わすれちゃうところだったわ！　バーニーにもよろしくっていっておいてくれる？」

レイチェルとカースティは、不思議《ふしぎ》そうに顔《かお》を見《み》あわせました。

「バーニーってだれ？」

レイチェルがたずねました。

けれど、ローレンとサニーは、きらめく魔法《まほう》の中《なか》にもう姿《すがた》を消《け》してしまった後《あと》でした。

少《すこ》したって、アニーとバウンサー、そして彼女《かのじょ》のパパがもどってきました。

「パパ、この子《こ》に新《あたら》しい名前《なまえ》をつけてもいいでしょ」

アニーがいいました。

「バーニーっていう名前《なまえ》がいいの」

彼女《かのじょ》のパパがほほえみます。

「その前《まえ》に、動物保護施設《どうぶつほごしせつ》の人《ひと》と話《はな》さなくっちゃな」

彼《かれ》がいいました。

「でも、もし家《いえ》でこの子《こ》を飼《か》えることになったら、バーニーって名《な》づけていいよ」

レイチェルとカースティは、アニーとパパについて動物保護施設《どうぶつほごしせつ》のブースへと歩《ある》きながら、ほほえみあいました。

「だからローレンは、バーニーによろしくっていったんだわ！」

カースティが小声《こごえ》でいいました。

「バーニーに新《あたら》しいお家《うち》が見《み》つかったって知《し》ったら、グレゴリーさんもよろこぶだろうなあ」

ふたりは、アニーのパパとグレゴリーさんが話《はな》しているのを見《み》ながらほほえみました。

グレゴリーさんは、ほほえみながらうなずいていて、アニーとバーニーは、おいかけっこをしながら走《はし》りまわっています。

「それにサニーが無事《ぶじ》に帰《かえ》ったら、フェアリーランドのみんなもきっと大《おお》よろこびよ！」

レイチェルが楽《たの》しそうにつけたします。

カースティもうなずきます。

「ハッピーエンドって最高《さいこう》ね！」

彼女《かのじょ》がため息《いき》をつきました。

すてきな言葉《ことば》を書《か》いてみよう

上出来《じょうでき》よ、ふたりとも！
アニーなら、あの子《こ》の完《かん》ぺきな
飼《か》い主《ぬし》になってくれるわ！

RAINBOW magic

RAINBOW magic

ローレンからのもんだい　わかるかな？

①動物保護施設《どうぶつほごしせつ》の責任者《せきにんしゃ》をしている獣医《じゅうい》さんの名前《なまえ》は？

②空中《くうちゅう》にあらわれたぴかぴか光《ひか》るゴムボールは何色《なにいろ》？

③五匹《ごひき》のゴブリンがのってきたのり物《もの》はなに？

④ゴブリンがつっこんだトランポリンは、どんなかたちをしていた？

⑤アニーがつけた、バウンサーの新《あたら》しい名前《なまえ》はなにかな？

ペットの妖精《フェアリー》たちといっしょに、英語《えいご》をおぼえよう!②

魔法《まほう》のペットの動物《どうぶつ》たちを、英語《えいご》でいえたかな?
いままでのシリーズの中《なか》にでてきた動物《どうぶつ》たちも、
英語《えいご》でいってみよう!

cow《カウ》 ── 牛
(第1シリーズ「黄色の妖精サフランより)

squirrel《スクウィラル》 ── リス
(第1シリーズ「みどりの妖精ファーン」より)

pig《ピッグ》 ── ブタ
(第2シリーズ「太陽の妖精ゴールディ」より)

chicken《チキン》 ── ニワトリ
(第2シリーズ「雨の妖精ヘイリー」より)

sheep《シープ》 ── ひつじ
(第4シリーズ「ガーネットの妖精スカーレット」より)

レインボーマジック
第1〜4シリーズ
内容紹介

第《だい》1シリーズ　虹《にじ》の妖精《フェアリー》

妖精たちの世界《フェアリーランド》に色《いろ》をとりもどして！

魔法《まほう》と友情《ゆうじょう》のぼうけんファンタジー！
ジャック・フロストの呪《のろ》いをとき、7人《にん》の妖精《フェアリー》たちを探《さが》しだす旅《たび》へ！

①赤《あか》の妖精《フェアリー》ルビー

②オレンジの妖精《フェアリー》アンバー

③黄色《きいろ》の妖精《フェアリー》サフラン

④みどりの妖精《フェアリー》ファーン

⑤青《あお》の妖精《フェアリー》スカイ

⑥あい色《いろ》の妖精《フェアリー》イジー

⑦むらさきの妖精《フェアリー》ヘザー

第《だい》2シリーズ　お天気《てんき》の妖精《フェアリー》

たいへん！　魔法《まほう》の羽根《はね》がぬすまれちゃった！

風見《かざみ》どりドゥードルの魔法《まほう》の羽根《はね》をとりもどしに、
レイチェルとカースティのあらたなぼうけんの旅《たび》がはじまります！

⑧雪《ゆき》の妖精《フェアリー》クリスタル

⑨風《かぜ》の妖精《フェアリー》アビゲイル

⑩雲《くも》の妖精《フェアリー》パール

⑪太陽《たいよう》の妖精《フェアリー》ゴールディ

⑫霧《きり》の妖精《フェアリー》エヴィ

⑬雷《かみなり》の妖精《フェアリー》ストーム

⑭雨《あめ》の妖精《フェアリー》ヘイリー

第《だい》3シリーズ　パーティの妖精《フェアリー》

妖精《フェアリー》たちのパーティ・バッグをまもらなくっちゃ！

フェアリーランドの記念式典《きねんしきてん》を無事《ぶじ》に成功《せいこう》させるため、
妖精《フェアリー》たちといっしょに力《ちから》をあわせて、魔法《まほう》のバッグをまもります！

⑮ケーキの妖精《フェアリー》チェリー

⑯音楽《おんがく》の妖精《フェアリー》メロディ

⑰キラキラの妖精《フェアリー》グレース

⑱おかしの妖精《フェアリー》ハニー

⑲お楽《たの》しみの妖精《フェアリー》ポリー

⑳お洋服《ようふく》の妖精《フェアリー》フィービー

㉑プレゼントの妖精《フェアリー》ジャスミン

第《だい》4シリーズ　宝石《ほうせき》の妖精《フェアリー》

つめたい氷《こおり》の魔法《まほう》をかけて、七《なな》つの宝石《ほうせき》を消《け》してしまうぞ！

女王様《じょおうさま》のティアラから、魔法《まほう》の宝石《ほうせき》が消《き》えちゃった!?
勇気《ゆうき》と知恵《ちえ》をふりしぼって、宝石《ほうせき》を見《み》つけにむかいます！

㉒ムーンストーンの妖精《フェアリー》インディア

㉓ガーネットの妖精《フェアリー》スカーレット

㉔エメラルドの妖精《フェアリー》エミリー

㉕トパーズの妖精《フェアリー》クロエ

㉖アメジストの妖精《フェアリー》エイミー

㉗サファイアの妖精《フェアリー》ソフィ

㉘ダイヤモンドの妖精《フェアリー》ルーシー

夏《なつ》休《やす》みの妖精《フェアリー》サマー

3つのお話《はなし》がセットになったスペシャルブック第《だい》1弾《だん》!

妖精《フェアリー》たちとの夏休《なつやす》みがやってくる!

「わしの魔法《まほう》で、魔法《まほう》の貝《かい》がらレインスペル・シェルをぬすんでやろう。そしたらビーチもアイスクリームも、みんなの夏《なつ》のお楽《たの》しみも台《だい》なしだ!」夏休《なつやす》みに、ふたたびレインスペル島《とう》へおとずれたレイチェルとカースティ。ところが、ジャック・フロストとゴブリンたちは、島《しま》にある三《みっ》つの魔法《まほう》の貝《かい》がらをぬすんで、自分《じぶん》たちだけお休《やす》みを楽《たの》しんでいるようす。はたして、ふたりは無事《ぶじ》に夏休《なつやす》みをすごすことができるのでしょうか!

クリスマスの妖精《フェアリー》ホリー

3つのお話《はなし》がセットになったスペシャルブック第《だい》2弾《だん》！

すてきなクリスマスは、妖精《フェアリー》たちといっしょだよ！

クリスマスのじゅんびをしているところに、妖精《フェアリー》たちからの知《し》らせ！　いたずら好《ず》きのジャック・フロストが、サンタクロースのそりと、子《こ》どもたちへのプレゼントをぬすんでしまったようです。そりには、妖精《フェアリー》たちにとって特別《とくべつ》な、三《みっ》つのプレゼントがのっていました！　サンタクロースのそりをとりもどして、最高《さいこう》のクリスマスにするために、ふたたびレイチェルとカースティのぼうけんがはじまります！

作《さく》　デイジー・メドウズ

訳《やく》　田内志文《たうちしもん》

埼玉県出身《さいたまけんしゅっしん》。文筆家《ぶんひつか》。大学卒業《だいがくそつぎょう》後にフリーライターとして活動《かつどう》した後《のち》、渡英《とえい》。

イースト・アングリア大学院《だいがくいん》にてMA in Literary Translationを修了《しゅうりょう》。

『BLUE』(河出書房新社《かわでしょぼうしんしゃ》)、『Good Luck』『Letters to Me』

『TIME SELLER』(ポプラ社《しゃ》)、『THE GAME』(アーティストハウス)

などの訳書《やくしょ》のほか、絵本原作《えほんげんさく》やノベライズも手《て》がける。

現在《げんざい》はスヌーカーの選手《せんしゅ》としても活動《かつどう》しており、
JSAランキング4位《い》。2005、2006年《ねん》スヌーカー全日本選手権《ぜんにほんせんしゅけん》ベスト16。

2006年《ねん》スヌーカー・ジャパンオープン、ベスト8。

2006年《ねん》スヌーカー・チーム世界選手権《せかいせんしゅけん》、日本代表《にほんだいひょう》。

2007年《ねん》タイランド・プロサーキット参戦《さんせん》。

装丁《そうてい》・本文《ほんぶん》デザイン　藤田知子《ふじたともこ》

口絵《くちえ》・巻末《かんまつ》デザイン　小口翔平《おぐちしょうへい》(FUKUDA DESIGN)

DTP　ワークスティーツー

レインボーマジック㉜　子犬《こいぬ》の妖精《フェアリー》ローレン

2008年《ねん》4月《がつ》10日《か》　初版第1刷発行《しょはんだいずりはっこう》

著者《ちょしゃ》　デイジー・メドウズ

訳者《やくしゃ》　田内志文《たうちしもん》

発行者《はっこうしゃ》　斎藤広達《さいとうこうたつ》
発行《はっこう》・発売《はつばい》　ゴマブックス株式会社《かぶしきがいしゃ》
〒107-0052 東京都港区赤坂《とうきょうとみなとくあかさか》1-9-3 日本自転車会館《にほんじてんしゃかいかん》3号館《ごうかん》
電話《でんわ》 03-5114-5050

印刷《いんさつ》・製本《せいほん》　株式会社《かぶしきがいしゃ》 暁印刷《あかつきいんさつ》

ISBN 978-4-7771-0887-9

ゴマブックスホームページ
http://www.goma-books.com/